Ex libris

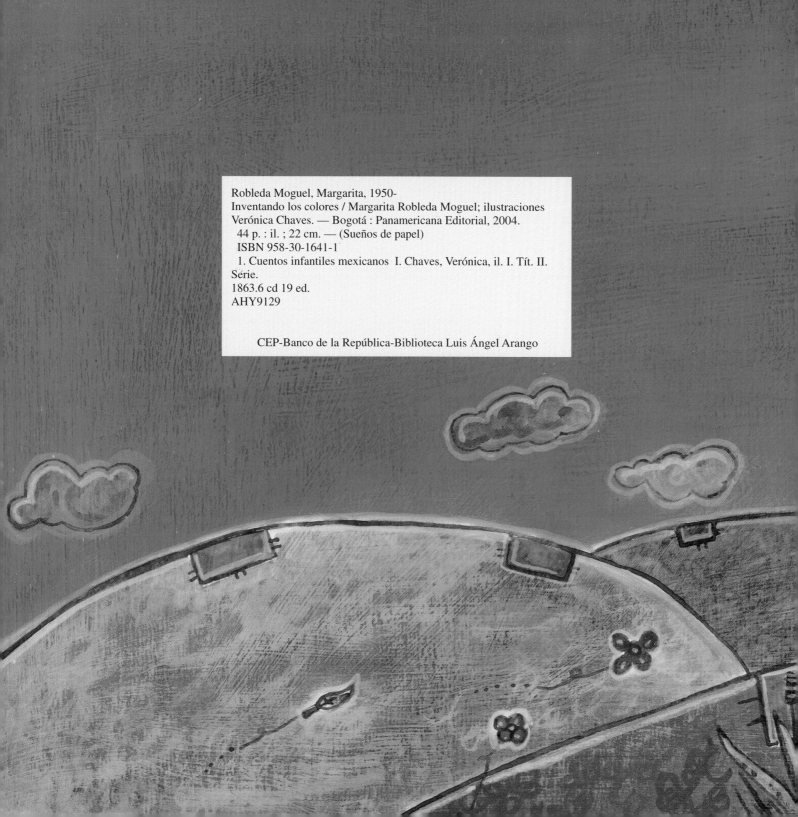

Robleda Moguel, Margarita, 1950-
Inventando los colores / Margarita Robleda Moguel; ilustraciones
Verónica Chaves. — Bogotá : Panamericana Editorial, 2004.
  44 p. : il. ; 22 cm. — (Sueños de papel)
  ISBN 958-30-1641-1
  1. Cuentos infantiles mexicanos I. Chaves, Verónica, il. I. Tít. II.
Série.
1863.6 cd 19 ed.
AHY9129

        CEP-Banco de la República-Biblioteca Luis Ángel Arango

Inventando los colores

Editor
Panamericana Editorial Ltda.

Edición
Raquel Mireya Fonseca Leal

Ilustraciones
Verónica Chaves

Diagramación y diseño de cubierta
Diego Martínez Celis

Primera edición, octubre de 2004

Inventando los colores

Margarita Robleda

Ilustraciones
Verónica Chaves

SUEÑOS
DE PAPEL

PANAMERICANA
EDITORIAL

Para Mary Carmen Robleda Moguel

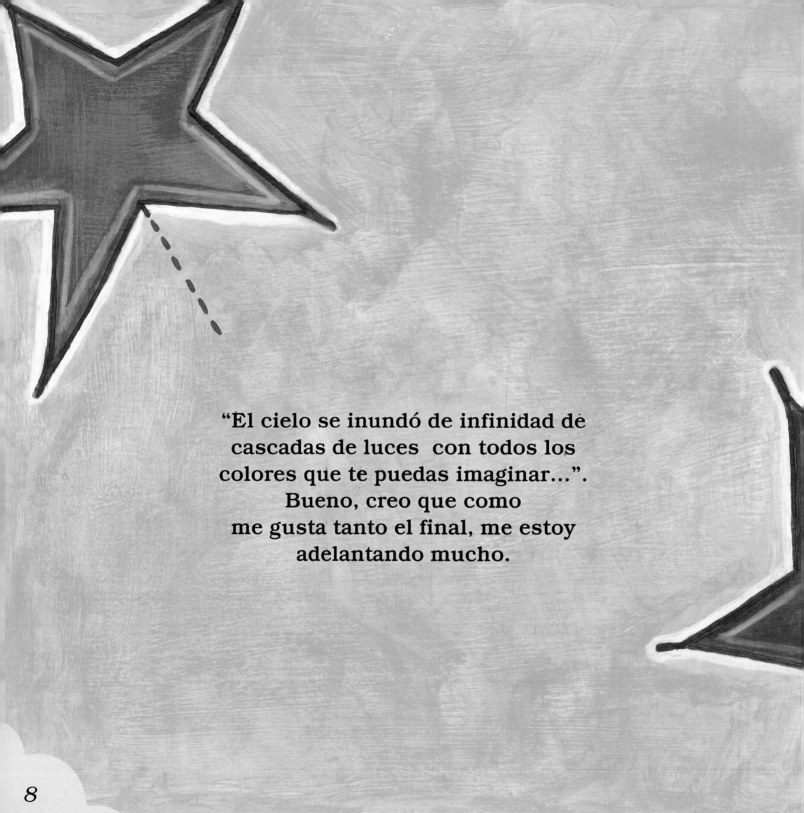

"El cielo se inundó de infinidad de cascadas de luces con todos los colores que te puedas imaginar…".
Bueno, creo que como
me gusta tanto el final, me estoy adelantando mucho.

Aún no es tiempo, mejor regresemos
un poquito para atrás.

9

Y es que en el principio,
Mar vivía en un mundo totalmente
blanco y negro. Como era lo único que conocía,
pensaba que estos colores eran suficientes y,
además, muy bonitos.

Un día, caminando por el campo, pasó bajo un
árbol de manzanas; iba tan distraída que tropezó
con una raíz y se lastimó la rodilla izquierda.

De la herida brotó un líquido jugoso y...
no era blanco, ni negro, era... Mar no sabía
cómo llamarlo, pero era tan rojo. Lo chupó,
y sin darse cuenta sus labios se pintaron
de aquel color.

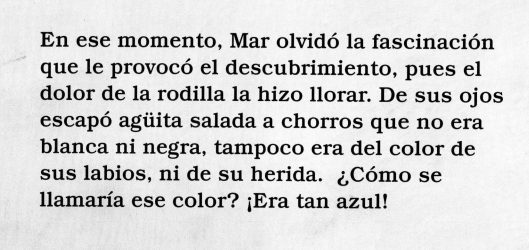

En ese momento, Mar olvidó la fascinación que le provocó el descubrimiento, pues el dolor de la rodilla la hizo llorar. De sus ojos escapó agüita salada a chorros que no era blanca ni negra, tampoco era del color de sus labios, ni de su herida. ¿Cómo se llamaría ese color? ¡Era tan azul!

14

No sabemos si por el dolor o
por el gusto, de haber inventado ese
nuevo color, Mar siguió llorando un buen rato.
Lo cierto fue que después de un tiempo, junto a sus
pies, había un hermoso lago del color de sus lágrimas.
Cuando dejó de llorar, Mar pudo contemplarse en él y
descubrió que sus ojos eran azules y su boca roja.

El cielo, blanco aún, se moría de envidia al ver aquel lago de color tan intenso. ¡Tenía que hacer algo para conseguirlo! Pero ¿qué? Volteó y miró que el único que estaba con él en lo alto era el Sol. El astro rey estaba muy serio y ni siquiera volteaba cuando el cielo le decía: "¡Psss, oye, pssss!".

Cansado el cielo de que el Sol ni siquiera le doblara un rayo a manera de saludo, comenzó a hacerle cosquillas. Fue así como el Sol se puso muy molesto. Eso le pasa a algunos que se sienten muy importantes y piensan que si se ríen van a perder valor; se enojó tantísimo, que hizo lo que sabía hacer: calentarse. Tanto, tanto, que evaporó una parte del lago.

El agua fue desapareciendo del suelo,
poco a poco, transformada en vapor;
sin embargo, al llegar al cielo y enfriarse
pintó de azul todo el firmamento.

Mar se puso tan contenta
al ver esto, que sus cabellos
comenzaron a llenarse de luz. Se
miró en el lago y lo que vio la sorprendió;
este color no era blanco, ni negro, rojo ni
azul. Era tan amarillo que no podía llamarse
de otra manera.

Mar miró a lo alto y saludó
al Sol. Éste, al ver la sonrisa
de la niña, se puso de un color
amarillo resplandeciente de puro
gusto, y desde entonces lo vemos así.

23

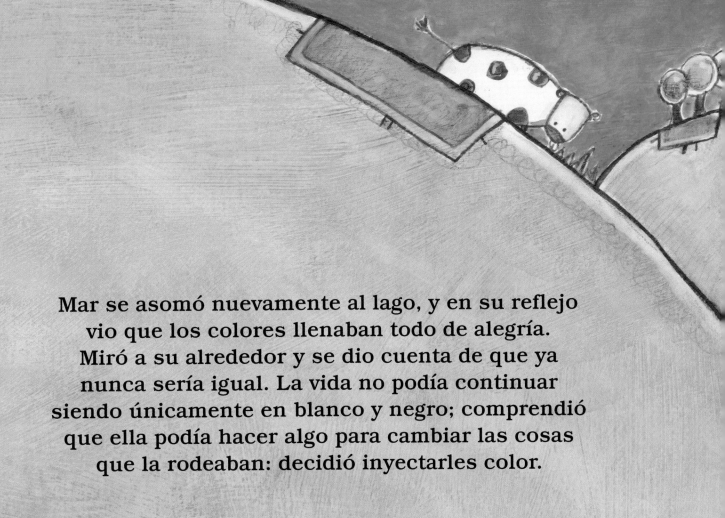

Mar se asomó nuevamente al lago, y en su reflejo
vio que los colores llenaban todo de alegría.
Miró a su alrededor y se dio cuenta de que ya
nunca sería igual. La vida no podía continuar
siendo únicamente en blanco y negro; comprendió
que ella podía hacer algo para cambiar las cosas
que la rodeaban: decidió inyectarles color.

El rojo de sus labios, le gustó para colorear las manzanas. Del amarillo de sus cabellos, mezclado con unas gotas del azul del lago,

surgió un color que le pareció el
adecuado para pintar las hojas
de los árboles. No era blanco,
ni negro, rojo, amarillo o
azul... ¿cómo podría
llamarse?

Y era tan verde, como el verde ha de ser.
Las cantidades de las mezclas no eran exactas.
Después de haber terminado de pintar todas las hojas,
se dio cuenta de que había una gran variedad de ese
color: verde bandera, verde pasto, verde verde
y verde limón, entre otros.

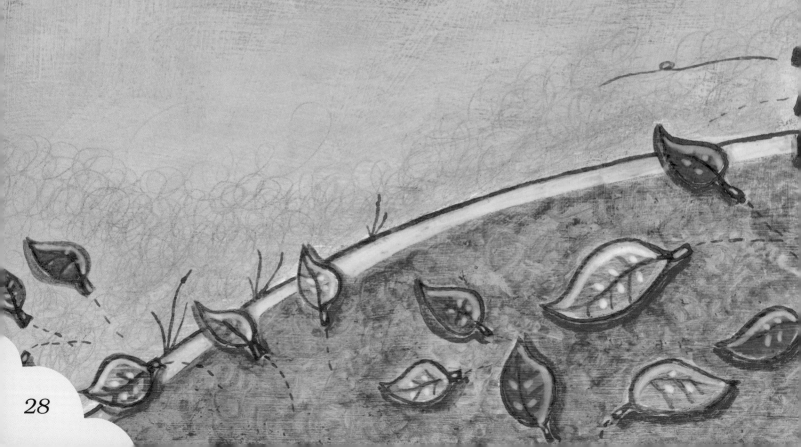

Una lágrima azul, con una
gota de roja sangre, le gustó
para pintar algunas flores.
El color de la mezcla le pareció
tan morado, que decidió que tenía
que llamarse así. Después, pensó
que el centro amarillo haría que
las flores lucieran más hermosas.

Pintó algunas de rojo, otras de azul... incluso jugó con puntos y rayas en blanco y negro.

Fue así como pintó un oso panda y una cebra y descubrió que, a pesar de la llegada de los nuevos colores, el blanco y el negro eran muy importantes y necesarios.

Todo parecía
mezclarse tan bien,
tan suavecito,
que se le despertó
el apetito para
seguir investigando.

33

El color tan anaranjado que surgió del rojo
con el amarillo, le encantó. Estaba perfecto
para unas frutas que colgaban de un árbol
cercano y que por ese color conocería el
mundo con el nombre de naranja.

El morado con el rosa
la enamoró y qué decir del
fucsia, el nácar de los caracoles
y el verde esmeralda del mar Caribe.

¿Quién es Mar? Mar es un ser muy
especial que vive en el mundo de la luz,
del color y la poesía.

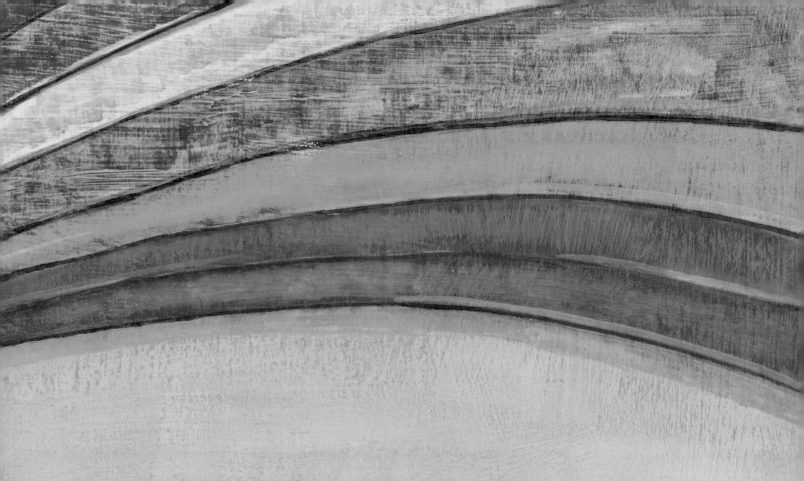

Si te fijas bien, después de la lluvia, verás cómo se desprende su espíritu de arco iris y llega hasta nuestro espacio blanco y negro, para recordarnos que existe un mundo de colores dentro de nosotros mismos, si somos capaces de abrir los ojos y aprender a descubrir y disfrutar la belleza de nuestro alrededor.

Y entonces sí, el cielo se inundó
de infinidad de cascadas de
luces con todos los colores

que te puedas imaginar, era la fiesta de
contento que Mar sentía en su corazón
y que hoy, quiere compartir contigo.